L I N G D I A N

J U L I

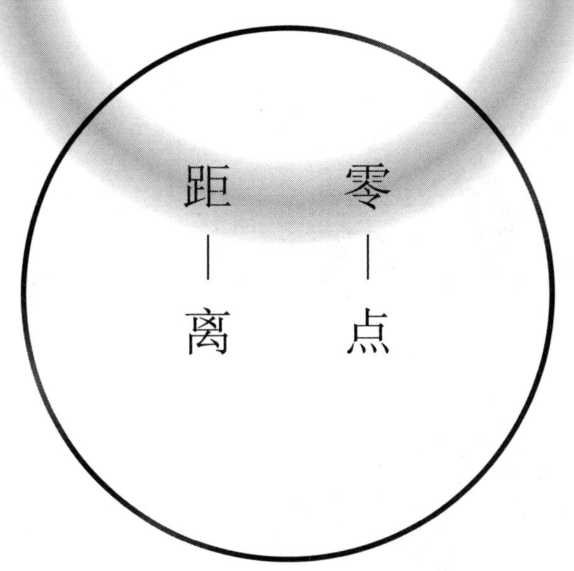

零点距离

又见伊人
著
You Jian Yiren

中国书籍出版社
China Book Press

又见伊人　本名蒋德燕，重庆市作家协会会员，研究生学历，现居涪陵。自幼爱好文学，曾在报刊发表多篇文章，已出版个人诗集《半朵花开》。主张诗歌就是依靠强劲不绝的情绪和语言来表达。

又见伊人，她踟蹰在诗行间

——序又见伊人诗集《零点距离》

蒋登科

又见伊人这部诗集的稿件在我的电脑里放了大半年了。她希望我帮忙写个序言，我答应了，而且一直记着这件事，但总是被其他事情打断，因此，稿子被我打开了无数次，最终也关闭了无数次。

其实，由于杂事太多，精力不济，我推辞了很多类似的事情，但我一直没有推掉又见伊人的请托，这可能和她是我的本家有关。我打开文件发现，最近这些年，为蒋姓诗人撰写的序言、评论好像有几篇，比如蒋宜茂、蒋明、蒋兴明、金铃子（蒋信琳）、哈雷（蒋庆丰）等等，现在又得加上又见伊人（蒋德燕）了。爷爷在世的时候，对我说过一句话：天下无二蒋，就是说天下姓蒋的人都是同根同源，是一家人。因此，即使杂事再多，只要稍微能够挤出一点儿时间，我都尽量不推辞他们和诗有关的事情。

虽然同在重庆，但又见伊人生活、工作在涪陵，我和她见面的机会并不多，她的诗倒是读得不少，除了在报刊上读到，她偶尔还会通过微信发来一些新作。又见伊人过去的诗写得很细腻，尤其是在爱情诗的创作上，具有自身特点，真情、用心、清新。她不是为了写作而写作，更不是为了拼凑数量而写作，因为诗歌不能给她带来任何物质上的收获。她只是在真正有所感有所思的时候才动笔。她的写作有如涓涓的小溪，慢慢流淌，没有突然爆发的时候，但也没有断流的时候。诗集《零点距离》是她的新作汇集，全书包括四个部分——“黎明的黎明”“最远和最近”“风从心上来”“暗流等待涌动”，是她默默坚持写作的新收获。可以看出，她的诗在保持过去基本特色的同时，也在发生着一些变化：她的视野在拓展着，她的感悟力在提高着，她的表达方式在变化着。她的诗以抒写内心世界作为基本的艺术取向，而她所表达的现实关怀、人生思考更加多元、丰富、细腻，诗的广度、深度都有了很大的提升。

又见伊人的诗是干净的。我所说的干净，主要是指诗人对自己人生体验、情感纯度的尊重。她的作品似乎总是坚守着对人生、现实、爱情、亲情、友情的纯真看法，不为诱惑所左右，不为势利所影响。她的诗，有时纯净得像山间小溪，不大喜，不大悲，清澈、透明，不染尘埃，永不停歇地寻找着更加开阔的人生世界，恰如小溪流向大江、大河、大海。《默读爱情》可以让我们读到爱情的坚守：“构筑童话故事的时候 / 我曾向一个人举手投降 / 请他把我放在他的眼睛里 / 做他最长的相思 / 做他温饱式的回忆 / 做他姓氏里永不被拆散的某个笔画 / 绘制完一段爱情之后 / 岁月已经老了 / 而我拟定给我和他的小小祝福 /——心手相携，深爱到底 / 仍在时间的有效期里延续。”时间没有使爱情淡化，而是保持着曾经的梦想、温度，这种守护是值得点赞的。《对女娲说》抒写的是人生的感悟，女娲乃造人之神，诗人对女娲所说的便是她从“来到这个尘世”开始就拥有的梦想：“走马观花地来到这个尘世 / 我只做了一件与自己同病相怜的事情——/ 在一个女人的户籍里与一个名字同时存在 / 无论一丈之内还是一丈之外 / 我都得确保这个名字完好无损 / 不被错误的人使用。”这是对完美人生的思考和追求，也可以说是诗人得以成为她自己的人格基因。人生不可能没有忧愁，但是面对忧愁的时候，诗人发现它在结果，并从忧愁中找到了适合自己的方向："我相信我的信念是完整的/我有能力在走丢的时间里/把更远的远方找回来。"（《忧愁在结果》）这"果实"多么美好，满是馨香、活力和魅力！一个诗人如果拥有明确的人生、艺术方向，无论面对多少艰难，她的作品都可能带给我们别样的欣喜，也可能是思考。《经验》写的是父爱："寄存在父亲眼中的那缕微笑/它在秋风中更加成熟了/我喜欢看它活在人间的样子/离干干净净最近/和精神满足坐在一起/——只需添加少量的甜言和蜜语/便能获得爱的降生。"仅仅一个微笑，就让诗人感觉到了美好，而且她也熟知了获得这种美好的路径。又见伊人总是试图以强大的心力、梦想和对美好的坚守、期待，清洗、剔除那些带给她污染的经历或者元素，找到适合自己生长的路径，最终在精神上为自己铺就了一条独特的道路，这是一条干净的路，至少在诗人的心中，她所寻觅的是符合人生、人性发展的干净之路。

又见伊人的诗是真诚的。真诚是诗歌的基本品质，也是根本品质。真正的诗是来不得虚伪的，否则就无法进入人心。评价诗歌的真诚特质的标准，一是看作者是不是写出了自己的真实感受，无论是乐观的，还是悲戚的，无论是向上的，还是低沉的，都必须出自真心；二是看作品是否写出了更多人的心声，是否具有普适性特征，是否能够引起读者共鸣，从而获得自我升华、自我反思、自我净化。还有一点，真诚的诗一般不会以自我包装为特征，更多地具有反思、自我解剖等品质，也就是说敢于揭示自身存在的问题。又见伊人的诗，基本上都是来自现实的，但不是对现实的描述，而是由现实引发的思考，尤其是对现实、人生、自我的解剖和反思。《疼痛的后半部分》是对疼痛感的抒写："疼痛略大一些时/我学会了小半天都不说话/我只是干净地哭/既不哭出声音/也不关心眼泪的走向/我只是请眼泪站出来/请小泪滴将我抱紧/我相信眼泪是善良的/它会遵循造物主的法则/把我救出来。"很多人可能都有过类似的经历，某种疼痛疼得不想说话，只有眼泪默默地流淌。这是现实。但是，如果我们仅仅把这首诗作为一次偶然的经历来看待，那肯定是对诗歌的误解。优秀的诗歌绝不仅仅是呈现在表象上的东西。诗人所抒写的肯定比某一次具体的疼痛要广阔得多，深刻得多，也包括那种肉体之外的疼痛，类似于有泪只是往心里流的那种体验。面对忧伤，诗人也有自己的处理方式，她说这是一种《最古老的技巧》："一些忧伤/我不想把它养大/我给它起很矮

很矮的名字 / 给它穿无精打采的衣裳 / 我还让它和年久失修的往事挤在一起 /——希望时间不要把它翻出来 / 披在我身上。”每个人都可能有忧伤，而每个人的处理方式可能又有所不同，诗人选择的方式是忘记，是小看它、贬低它。这是一种很有特点的人生态度，诗人不想把一些忧伤“养大”，所以就有了自己的特殊方式。我还喜欢这首《和中年紧挨着》：

小日子孱弱多病
206 块骨头也越活越谨慎
不敢天真地笑
不敢用力地哭
不敢潦草地爱一个人
不敢顽固地恨一个人
不敢把病痛放出来
不敢和孤苦说再见
不敢恭迎懒散的到来
不敢惊动莫愁的提前离开
不敢走在风口浪尖儿的前面
也不敢把内心的恐慌推远
——对生活如此客气

我还是能听到眼泪碎裂的声音

和中年紧挨着，指的是人生的一个阶段，青春即将逝去，人生即将步入中年。这个年龄段是人生压力最大的时期之一，又见伊人把这种感觉写得触动人心。诗人没有描摹人生之难，而是自己不断退后、退后、再退后，但是面对各种压力、矛盾，无论你怎样退后，怎样隐忍，无论你怎样小心翼翼，“还是能听到眼泪碎裂的声音”，最后这一行来得突兀，但更来得正常，恰如水到渠成。眼泪居然可以“碎裂”，而且有“声音”，强化了诗人内心的苦楚。

又见伊人的诗是沉思的。诗歌的格调很多，有的高亢，有的低沉，有的雄浑，有的沉郁，有的达观，有的郁结，有的在面上铺展，有的向深处挖掘，有的含蓄，有的直白……诗歌格调的形成和诗人的人生阅历、人文素养、价值观念、艺术追求等等密切相关，是诗人气质的一种艺术化外泄。又见伊人是一个内敛型的人，读她的作品，我们可以感觉到她总是不断挖掘自己的内心，试图把内心中最细腻、最本真、最柔软的体验披露给读者，和读者达成心灵的默契、情感的交流。沉思的诗在情感上不是单线条的，甚至没有一个明确的答案，只是提出问题，并铺展开去，留给自己、读者更多的思考空间。我们很难在又见伊人的诗中读到那种调子高亢的作品，因为她写的不是赞美的诗，不是直白的诗，不是单线条的诗，而是将感情曲折回环地呈现于诗行之间。《爬山虎》是一首咏物诗："爬山虎的一生都在爬 / 原谅它沿途只使用过藤蔓和墙 / 只使用过一株植物的一缕乡愁 / 只使用过长长的绿就完成了爬的全部过程 / 原谅它爬得如此小心谨慎 / 原谅它只在绿色世界里越陷越深。"诗人所写的其实是一种执着和坚持，最后两个"原谅它"让人心酸，因为有人可能不会"原谅它"，甚至会贬低它。这何尝不是人生的某种状态呢？从题目上看，《我喜欢》表达的是一种喜悦的情绪，但事实好像不完全如此："我喜欢和夜说悄悄话 / 讲红花绿叶遇到的好天气 / 讲青山绿水正在使用的小信仰 / 讲星星月亮瘦骨嶙峋的小想法 / 我还喜欢和夜捉迷藏 / 请夜风站在桂花树上睡觉 / 请蛙鸣声在田野里坐着不动 / 请萤火虫拽紧黑和暗的苦不放。"诗人所倾诉的对象是"夜"，她是向夜晚说悄悄话，和夜晚捉迷藏，换句话说，诗人对白天是有所逃避的，对自我之外的世界是有所警惕的。她追寻的是内心的纯净，因此，在夜晚，在远离人群的地方，诗人获得了精神的舒展、归依。

总体来说，又见伊人的诗是向内的，她非常关注内心的细微感受，甚至进行一些看似无意义的意义探索。《小美好》

写的只是一种敞亮的感觉："我想投奔到六月 / 做一株很小很小的草 / 不惊动早到的风 / 不拖累赶路的阳光 / 只是揣着内心的小美好 / 站在蓝天之下 / 看云朵飞翔 / 石头沉默 / 月亮缺了又圆。"你要说它有多大的意义，似乎有，又似乎没有。但是，诗人表达了一种单纯的梦想，表达了一种舒畅的心情，其实就是最大的意义。又见伊人的诗还有一个特点比较明显，就是她比较喜欢短诗，拒绝叙事，只抒写心灵感悟，坚守着诗的基本特征。篇幅短小是中国诗歌自古以来形成的重要特征之一，这肯定有其艺术上的理由。而现在的有些探索，忽视了这些独特的元素，把各种有关无关的东西都加到诗中，篇幅越写越长，诗味却越来越淡。这是又见伊人的任性，也是她提供给诗歌探索者的启示。

读完又见伊人的诗集，我突然想起了《诗经》中的《蒹葭》一诗："蒹葭苍苍，白露为霜。所谓伊人，在水一方。溯洄从之，道阻且长。溯游从之，宛在水中央。蒹葭凄凄，白露未晞。所谓伊人，在水之湄。溯洄从之，道阻且跻。溯游从之，宛在水中坻。蒹葭采采，白露未已。所谓伊人，在水之涘。溯洄从之，道阻且右。溯游从之，宛在水中沚。"这是一首了不起的诗，以"蒹葭"这样一种普通的植物为依托，写出了爱情的特殊滋味，那是一种美好的、内在的情感体验。

几千年过去了，人变化了，时代变化了，环境变化了，但爱情这种古老的存在似乎并没有发生根本的变化，这不得不说，我们的老祖宗在选择、确认人生内涵的时候，是非常了不起的。我不知道又见伊人这个笔名是不是来自这首诗的启示，如果是，那倒是应该给予肯定的，因为她是从中国诗歌的源头上寻找着自己的心灵依归，寻找着诗歌探索的路径，甚至寻找着代表自己人生追求的名字！但是，诗中所抒写的可见又不可见的状态，似乎和诗歌的状态很相近，可见不可触，可感不可触，神秘而美好。读又见伊人的诗，有时也会产生这种感觉："又见"了"伊人"，似乎"在水一方""在水之湄""在水之涘"，但又"宛在水中央""宛在水中坻""宛在水中沚"，若即若离，似真亦幻。我们可以把这种状态看成是诗歌的一种艺术特征，是一种精神的升华，是一种超越具体存在的心灵体验。这也恰好是又见伊人在创作中所体现出来的风格特征之一，哪怕现实驳杂，人生曲折，前路漫漫，但在艺术探索的道路上，她尽力保持着对诗歌艺术的敬畏，保持着对自我内心的尊重。她是一个摆脱了功利的写作者，只生活在美好中，只踟蹰在诗行间。

如果你想真正了解又见伊人，那就去读她的诗吧。在优美的诗行之间，你可以看到那个踟蹰的人，那个犹疑的人，那个有些茫然但决不放弃追寻的人。

她是一个诗人，生活在梦想中；她是一个有追求的诗人，有些固执地坚守着诗的纯净、本真！

2021 年 6 月 17 日，草于重庆之北

（蒋登科，西南大学中国新诗研究所教授、博士生导师，重庆市作家协会副主席。）

目录

第一辑　黎明的黎明

第二辑　最远和最近

第三辑 风从心上来

第一辑

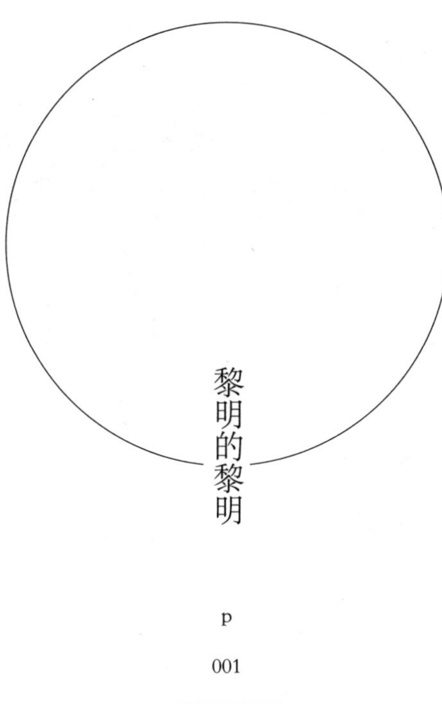

黎明的黎明

给一个故事更名之前

我早已为自己确诊
我就是那个有陈年暗疾的女人
像低头的十二月那样
我已掏空我的肉身
不会再领着我的名字上路
所以，请不要再惩罚我了
我扶不起时间之外的小悲伤
也扶不起坍塌在地的大幻梦

我要收复我自己

有一些错正在发生
我却不愿意它们停止
再等一等吧
等时间可以原谅我的软弱或者悲伤
等一颗心的起点与终点在谜底里完整存好
等一些不说或者不做缓慢地将我抛弃
我想，我会以收复我的方式
赶走心中的败笔
救出那些被旧时光捆绑过的错误信息

这个夜晚的真相

领取这枚小意外时
痛已经扩散了
但我仍想把体内的苦和涩节约下来
不让睁着眼睛的人看到
于是，我把眼泪送给无人看管的子夜
请它小巧地哭泣
哭出一个女人的风格
——我该是如愿以偿的
我做了我的旁观者
没有谁敢痛斥我的虚荣

推理

取出某个良宵的时候
满以为变幻出更多的良宵
建造出更根深蒂固的爱
酿造师错了
时间旁边的两个人也错了
——回不到原点的错误啊
离痛苦越来越近

该种的信仰

这些长于体内的杂草
没有一根是得到过阳光普照的
只能借一缕小光投掷过来的爱
运作自我的信仰
——长痛背后也有甜蜜
请保持这不死的经验折磨

默读爱情

构筑童话故事的时候
我曾向一个人举手投降
请他把我放在他的眼睛里
做他最长的相思
做他温饱式的回忆
做他姓氏里永不被拆散的某个笔画
绘制完一段爱情之后
岁月已经老了
而我拟定给我和他的小小祝福
——心手相携，深爱到底
仍在时间的有效期里延续

多出一种可能

离开“我”这个位置之前
我希望和黑夜之后的黑夜一样
在时间的肃穆或者安静里量力而行
比如：
配合一滴丧失生育能力的眼泪
在该死去的地方义无反顾地死去
配合一个丢失了灵魂的人
放下卑微的一生

虚构一个人的悲伤

把眼泪准备好
把悲痛的分量准备好
把我对时间的缅怀准备好
我需要让一个懦弱的梦
永远枯竭在刚睡醒的雨夜
我需要让一个停顿了爱的人
极速把爱发配到肉身沉睡的地方
我还需要让一些走得太快的抒情
进入破碎的破
死亡的死

对一些文字喊停

那些枯藤般的文字
空身体，空镜子，空影子
挤在发霉的记忆里
和我只相隔几个秋天的距离
我曾设想过
为它们记忆里的纠结
送去一场准点的祝福
而我能表达的
仅仅是由大地上的事物组成的句子
比如：
巧合，只是为了给时间让路
经历，只是为了把时间养大
自由，只是为了把时间的束缚打垮

陈述

这枚城府很深的多音字
从不放弃在夜的形状里
像黑耗子一样
张扬着它大胆活着的个性
比如——
硬生生地摘取尚未分娩的眼泪
胡乱地投掷发霉的记忆麻醉我的神经
我承认我害怕遇见它
从它第一次盗走我的梦想开始
我就在诅咒
让它丧失侵略功能
卑微地活着
像个死亡的半成品

搜索

脱下孤独
脱下思绪
脱下与时间有关的信息
此刻，在一个女人的原貌里
我只是一个被温情养大的女人
有名字存活在天地之间
有诗书帮我唤醒黄昏和黎明
有小酒帮我把心思拆开
还有爱人帮我管住身体
有朋友和我站在一起
——幸福，是生活的底色
感恩帮我把幸福牵出来的人

对女娲说

走马观花地来到这个尘世
我只做了一件与自己同病相怜的事情——
在一个女人的户籍里与一个名字同时存在
无论一丈之内还是一丈之外
我都得确保这个名字完好无损
不被错误的人使用

最后一个方法

可以这样衰减我的实力
用我亲自配置的等和盼
来屠杀时间的追和赶
相信俗世中的某个人
早已在危险行为里为我备好许愿瓶——
朝着败的方向
跌进更深的败

止于想象

与嘴巴截然不同
眼睛的创造力是得到过神灵祝福的
所以它更能获得时间的青睐
你看
在一个人和另一个人的过去式里
它孤独自恋地活着
从不舍得剪掉哀或者伤
时间拆穿过它的谎言吗

一株植物在半途夭折

收起你伪善的小面具吧
一株植物在被割断心脉之时
它已做好对尘世守口如瓶的准备——
忠于死亡的死
不需要时间为它输送眼泪
也不需要造物主为它致哀

和一个汉字说话

动物和植物都睡了
籍贯和姓氏都停靠在梦里了
别再祈愿用一场雨的速度
能惊扰这个世界的完整
走吧
这里不欢迎时间之外的贩卖客
请不要让错误正式开始

请藏好这瓣微胖的想象

请藏好这瓣微胖的想象
当它引诱我经过一个人的生命时
我会脱去女人的羞涩
脱去身体里无可考究的小阴谋
然后在两只眼睛积攒的笑容里
继续某种自然的走向
——爱或者思念

相认的方式

一定要捡一缕孤独
去怀念那条死去的路
看它和往事挨在一起
有没有立锥之地
如果没有
它一定在另外的时间里
保持死亡的姿势
永不向看轻它的人低头

半朵花开的背后

请不要再延伸对绚烂的想象
我只是一朵柔中带弱的花
心，常年被冰的留存物覆盖
记忆，很原始也很不完整
在被象征性称为植物的世界里生存
我已习惯没有主张地活着
风，何时呻吟
雨，何时亲吻
夜，怎样降临
孤独，怎样抽身而去
我不需要把它们搬到我的记忆里
我只希望我体内的粉红或者雪白
淡忘悲喜
永不绚烂

低处飞翔

赶在古典的记忆瘦身之前
我要把种下的意念交给一贫如洗的冬天
我相信即使生命的内容只剩下孤与独
用旧的抒情
仍会精心安置我的想象

站在卑微的影子中央
抵达，或者出发
不停邀约我的灵魂做出表情
我不能拒绝
在愈陷愈深的思想里
安顿散发在我身体之上的喜悦和忧伤

我知道暗自生长的昨天已越来越老练
它正站在没有间隙的时光里
收割，随我的姓氏
一起老去的青春和理想

那些感染人的文字

把记忆抬高，再抬高
让那些感染人的文字
矜持的、智慧的、灵性的、热烈的
继续保持最干净的容颜
停歇在我永不会迷失方向的心尖
成为我的至亲，我的至爱
当长满皱纹和白头发的时光
与我的灵魂相依相偎时
我会守在生命的尽头
等待那些积极向我靠拢的文字
倾泻最后的情愫

时光的诱惑

若不是时光太动听
我并不知道身体的某一部分学会了坚韧
那个被植入了信念的错别字
在一个女人的心域专注地生长时
该痛苦的都痛苦了
肝肠寸断或者愁肠百结
蛇一样在我等待发芽的心上昼伏夜出
把我尚未成型的理想吓跑了
从此，我的心扉常年紧锁
遗失的心跳在严重衰败的影子里停留
我有意这样活着
用疼和痛
打败
我体内的怯与懦

不要再提黑夜的黑

假如不是寂寞来了
我不会准备一个女人带泪的微笑
在黑夜的黑里，把思念深种
让许多挂在暗伤边缘的记忆
触碰我的肌肤和肢体

我不是有意让小情绪从体内爬出来
替我涉足最初的光景
我只是想，像个幸存者那样
在失语的世界里
体味被冰冷的时间强制删除的情节
好让被嫁接的光阴继续活着

秋的悬念

就这样磨损时光吧
让一些独自暗下去的事件
在穿过秋天的夜色里
长满铁的思想
我相信日积月累地创造性抵达
正慢慢消失的表情
会重新回到往事中央
所以，请不要假装善良
把拴在隐忍和迟疑身上的词语
一个接一个地击疼
练习自救
才是我消除暗疾的全部内容

最后的思想

当奢侈的梦被囚禁之后
我只能向毫无生趣的未来投降
悲伤也好，无奈也好
心，彻底干枯了
不需要挖空心思去改造训练有素的时间
也不需要捧出碗状的疼痛
请某个人帮我埋掉
只希望新眼泪再掉下来时
疼痛可以退后一步

更远的想象

把“胡思乱想”打翻的方法有很多
比如：
让一滴精神饱满的眼泪痛失欲望
让一支跑得飞快的小曲儿从时间旁边经过
让一场把持不住方向的慌乱紧跟着另一条
而我惯用的方法
就是让空白的空白砸到我头上来

指给时间看

时间不是故意要走丢的
它将尘世的美色用尽
又从尘世波澜不惊的样子里
把疼和痛放出来
它要用不可承受之重
让尘世完全投降
——时间之上
请撤走这骑在尘世背上的悲伤

忧愁在结果

假如死掉的那一小截时光
再与我重逢
我定要像个有心人那样
用看起来并不愚笨的动作
把痛缝合
把苦囚禁起来
然后在一个女人用旧了的名字里
重新练习为生活预留爱
为钟情的某个人
保留青春的美
我相信我的信念是完整的
我有能力在走丢的时间里
把更远的远方找回来

醒着的记忆

别羡慕我，好吗
我只是先于一个女人抵达二月
只是独占了二月十七日的某个午后
只是零距离地和一个男人谈过恋爱
只是干干净净地爱过自己一回
只是在能见度不高的梦里
有预见性地摆正了身体的位置
稳健地长出了生命的长度和宽度
仅此而已

印象星期六

她想了很多方法
准备把一个人的星期六售出去
比如：
让一场有名有姓的电影来收购她的寂寥
让一次说走就走的旅行来占有她的微笑
让一堆发芽的文字帮她遇到喜欢的人
所幸，时间没让她发出叹息
她以对望空气的方式
麻痹星期六
完成了对一个人的抒情不止

让心轻轻上路

正好抽空不死的悲伤
正好戳破悠凉悠凉的幻想
正好抖落骨头里的小善良
——默哀吧
为那些脱离了忧郁的泪水
为那些闭上了眼睛的创造
为那些再也开不了口的虚妄本身

迟迟没有回音

我憎恨那条被时间注册过的路
它胆大时
常常把心门打开
它胆小时
常常把心门紧闭
哦，天知道
它是否希望我看到它的力不从心

小确幸

正在妥协的
不只是上帝手中的生与死
循环往复的白天和黑夜
还有守在人字中间的另一个我
——痛苦也是指引
这是我喜欢真相的原因

最后的秘密

不要像结束一只蚂蚁的生命那样
去阻止一根骨头在夜里醒着
很多不受控制的事物
在痛与苦中隐姓埋名
先是代表着某个人
接着又代表着某类人
它们的癫狂
应当煽动嘴巴为它们抒情

小小的坏

冷掉的有云和雨
冷掉的有秋天的善意
冷掉的还有正在停歇的回忆
多好
冷还在继续
掉下来的
肯定还有更多的无暇顾及

给你，给我

请不要喊醒
那只进入睡梦中的白色泪滴
它并不擅长在雨夜的全部过程里
替某个灵魂走失的人
收拾残局
也不擅长在某个不打折扣的黄昏
跟在痛和苦后面
让往事被欺骗得很深很深

把疼痛脱光

把疼痛脱光
我还是不能拒绝年老或是色衰
不能拒绝时间着急地向前跑
不能拒绝用过的名字又旧了几分
只有这颗心，牢记我的身世
安置我用过的喜怒哀乐
鼓动我略带自由地活着
我确信我看到的人生苦短
来自那里

照镜子

时间很冷静了
你身体里的裂缝却越来越大
你像坏人一样
害怕良善投射在你的身上
害怕做不了坏事就等同于死亡
可是你想，你把脑袋削尖
你让肚子里的小肥虫翻身
会生出另外的天地
能把别人的生活逼上绝路
能把幸福关进你想要的日子
你错了，你的想法站得不高
柔弱得可以被风吹倒
你把它摘下来摧毁吧
——治愈你，是全世界的想法
允许你有一场像样的悲伤

生存动力

孤独越来越重
当它引诱我经过一段音乐时
我不敢把内心的想法放大
我只是不停地练习有泪就流出来
——这流泪的权利
我不打算把它掏空

小经验

在女人的典籍里
贤良淑德才是最原始的美
为匹配这种颜色的美
你必须用勤劳善良来喂养光阴
用努力上进来养活女人的名字
——遵守女人的天职
美才延得更长

第二辑

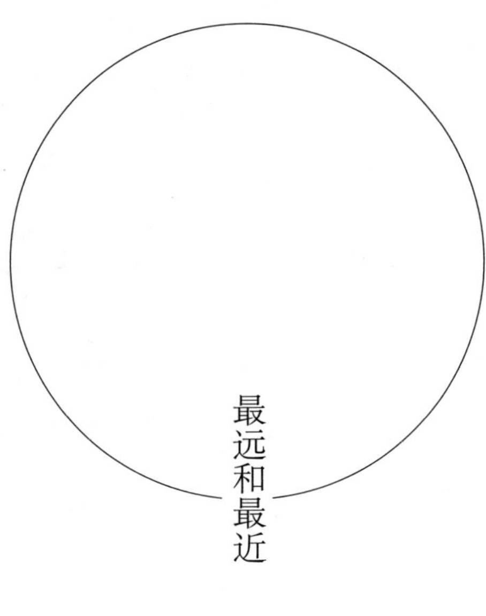

最远和最近

疼痛的后半部分

疼痛略大一些时
我学会了小半天都不说话
我只是干净地哭
既不哭出声音
也不关心眼泪的走向
我只是请眼泪站出来
请小泪滴将我抱紧
我相信眼泪是善良的
它会遵循造物主的法则
把我救出来

清点黑夜的黑

把黑夜领进屋
就能在黑夜的肉身里
摸到古老的黑
这些黑，天生悲悯
只愿意静下心来抚摸夜的宁静
从不会把孤寂暴露在外
这些黑，黑得温顺
一旦交出自己的黑和暗
就不会有逃离的想法
这些黑，在夜的完整里待久了
淡定从容，已具备夜的全部风范
这些黑，啃着最深的夜长大
灵魂干净，只允许夜使用它的一生

说忧伤

再次复述那句话时
我的理想已变得很矮
我知道时间布下的悬念
就是让各色疼痛爬满心扉
就是让时间的新主人
只忠于时间的对错
而不紧不慢到来的某一天
它让我心态日渐衰老
身体里的缺口越撕越大
我想把疼痛推迟
想用某个名字呼风唤雨
而时间能替我完成的
只是空和绝对的空
所以，在终止这种危险的活法之前
请允许我把沉默集结起来
我想我会憋出更多的眼泪
来祭奠我和我的一生

肯定式

常常是这样：
各色中药自成一体
却又在中医的药方里相遇
在人间烟火的煎熬中抱成一团
是该取出它的苦
是该取出它的涩
是该像小时候那样
把药效啃干净
把体内的慌乱拔出来

种思念

离开这一天很久了
总后悔，没有把它抱紧
没有给它足够鼓励
没有让它再生出一个好日子的思维

总后悔，没有用真正的花言巧语
去守住这一天的率真和质朴
没有用上等的微笑
去获取与这一天的久别重逢

离开这一天很久了
记忆反复进进出出
我体内的哀愁
始终未能脱胎换骨

无法阻止

无法阻止
一颗露珠与另一颗露珠很不健康地相爱
无法阻止
一个夜晚与另一个夜晚很不要命地相连
无法阻止
一个人与另一个人很不规则地相遇
无法阻止
一些结局与另一些结局很不得体地在往事中行走

对一个夜晚说

还好，我的眼泪一直很安静
它选择坐在风中
和细小的疼痛紧挨在一起
即便是死亡
也会把牙根紧咬

只求
小小的夜
继续保持宽容
别把我用过的眼泪
变轻，变薄
分给坏掉的人

在最新的梦里

在最新的梦里
我找到了春天死去的原因
它命里不缺水
只是匆匆经过了红花绿叶
与一小块儿阳光，一小片儿雨相依为命
只是惊动一望无际的红和绿之后
它有了更具体的欢喜
把爱掏空

最古老的技巧

一些忧伤
我不想把它养大
我给它起很矮很矮的名字
给它穿无精打采的衣裳
我还让它和年久失修的往事挤在一起
——希望时间不要把它翻出来
披在我身上

我想学着你的样子

我想学着你的样子
风一般穿梭在自己喜欢的位置
那个位置可以有不同的称谓
可以接受界限分明的挑战
可以允许不同姓氏的人来旁观
甚至可以不被神秘和神话看重
不像黎明或黄昏那般长得精准
只要那个位置不唉声叹气
我崇拜的目光
迟迟不会掉下来

给自己

糟糕的事物正准备离开
我却不能偷懒
我要用蚂蚁搬家的方式
让疼痛走出体内
可以像影子那样一言不发
也可以像健忘者那样
只消耗时间
即把所有的记和忆分开

给我的孩子

在纯粹的小日子面前
我希望保留着母亲的样子
教会你一些实用有效的技巧
比如：
把童年的小尾巴抓紧
把学习的氛围加宽
把同学间的友谊加长
把爱和憎使用好
把错和误放在等值的地方
把真善美摆在顶点的位置
把幸福和快乐永远叠加在一起

给落日送行

落日就要掉下去了
天空给过暗示
要将黄昏搬迁到落日用过的位置

只有小，小到极致
小到气断命绝时
才能完成与黄昏的交接

天地布局
这监管生死的上帝之手
什么都不放过

如果那个眼神还活着

如果那个眼神还活着，我不会
让时间一错再错，让开出的花成了最后一朵
让结出的果，与秋天擦身而过

如果那个眼神还活着，我不会
让眼泪低下头，让夜晚长满孤独
让疼痛在身体里一动不动倒挂着

如果那个眼神还活着，我不会
让春天擦肩而过，让蜜蜂忘记了忙碌
让桃花和梨花都变成失败者

如果那个眼神还活着，我不会
让记忆年久失修，让青春沦为过客
让善感和多愁活成另外的我

如果那个眼神还活着，我不会
让仪式感被风领走，让静静的黑跟随左右
让时间的空在焦灼中坚守

小孤独来临

提前到来的一小缕孤独
它煞有介事地围在我周围
除了让被时光抢走的某人和某事
独自靠近我的体内
独自整理我的悲或者伤
它绝不允许焦灼的其他事物
小跑到我的骨髓里
把一腔情绪打翻

最后一个消息

当我的名字昏昏欲睡时
我已不再忧郁地爱着我自己了
痛和苦紧挨着
我看着它们慢慢长大
看着它们像信徒一样
顽固地站立在身体中央
用各色的坏
悄然把我的身和心咬痛
我已无法将死亡推迟
所以，趁群山都已安静
趁草木还在相互依偎
请把我葬在时间的最低处
让我只归顺于我自己吧

等一个经验的到来

被一些小困惑紧紧围住
能显示的只有纯粹的时间和地点
至于任性的春天
懒得再动的风
以及命中缺水的那朵桃花
它们都被召集到最初的誓言里
谨小慎微地活着

只能用卷曲的记忆
去把想象以外的对和错分开
如此确信
虚度光阴就要像光阴一般安静

上帝的智慧

取走一个白天
就要送来一个夜晚
为了感谢上帝眼睛里的善良
我们把情和爱从远处搬来
我们把生和死从血缘里分开
恪守野生的自然法则
我们在一个人的姓氏里修行
在真理与谬误间遇见过去与未来

零是终点
也是起点
上帝有足够的耐心
看一切因果在时间里现身

路过六月

提前衰老的六月
比我想象的更糟糕
一些原始的风，带着伤而来
看或者不看
它都不会以风的方式轻松走路
一些温婉的词，突然露出马脚
念或者不念
它都不会向一个人示好
一些看似离开的孤独，又缓缓走了回来
赶或者不赶
它都亮着自己的心事
——无法把六月救出来
帮它把疼痛减半也好

我已学会

我已学会充满悬念地活着
已学会在年迈的光阴里
领着母亲、妻子、女儿的头衔
不紧不慢地练习温柔与善良
已学会在一个人的心跳里
把从天而降的惊喜或疼痛
搬进大面积的宁静里存放好
已学会被鸟语和花香紧紧包围
与诗和远方融为一体
已学会把真正的爱和喜欢握得长久
让从前和过后在快乐中结果
所以，请不要把我的梦想摇醒
把我深爱大千世界的耐心放低

识破

与风花雪月相处
风的孤独也是属于你的
爱你的人
不懂得把腰身放低
你爱的人
最终和往事生活在一起
——圈子大了，什么人都有
你是唯一抓不住爱情的人

修改一株植物的命运

那株植物住在隔壁
既不姓梅也不姓桂
既无显赫的身世
也无攀爬出墙的心思
它只想和窗户挨紧些
只想在高度紧张的生存空间里
按照主人给定的生死律令
静静了此一生

别碰它的孤独
它的一生都在淡忘悲喜

自由主义者

这个夜晚
风，只是低着头在行走
它从不关心
月亮是否躲在天空睡觉
池水是否分布在桂花树两旁
虫草是否正在繁殖下一代

这个上帝眼中的自由主义者
它的一生
就是在光与影中移动
从未清点过别人的想法

逃过的劫

和最长的那个黄昏没有关系
和最小肚鸡肠的那个冬天没有关系
和最后醒来的某根肋骨也没有关系
在排列某些人的慈悲之前
伊甸园里的时间
只是希望
孤独，是空的
遗憾，是空的
贫瘠，是空的
衰败，是空的
永远不会复原死亡过的眼泪

送信给你

去年的春天已经绝迹
不是因为桃花梨花
当着尘世的面
故意从你的小眼睛里退出
不是因为蜜蜂蝴蝶
厌倦了五颜六色
集体把春天赶往远方
也不是因为上帝送来的夏天
更富甜美气息
更结实耐用
只是春天生活过的城市和村庄
被一个叫流年的人喊走

秘密

不要去惊动陶渊明的桃花
他早于你我认识春天
早于你我把桃花送给春天
早于你我预见桃花和春天的命运
所以，他有福气在世外桃源里
遇见另一个自己

梦落下去之后

你知道吗
我一再地把梦缩小
甚至让梦在梦的原籍散了架
我只是想把心拦截在身体之外
只是想学着另一个我的样子
给未来松绑

和中年紧挨着

小日子孱弱多病
206 块骨头也越活越谨慎
不敢天真地笑
不敢用力地哭
不敢潦草地爱一个人
不敢顽固地恨一个人
不敢把病痛放出来
不敢和孤苦说再见
不敢恭迎懒散的到来
不敢惊动莫愁的提前离开
不敢走在风口浪尖儿的前面
也不敢把内心的恐慌推远
——对生活如此客气
我还是能听到眼泪碎裂的声音

准确地说

最好看的光阴
已死在春天隔壁
昏迷的风
也久困于祖宗留下的自留地
不再相信目光之外还有风景
只有一夜之间成熟的诗句
它引领我脱离孤独
与痛苦别离

另一副身体开始了
我必须找到另一种慰藉

坐在时间两旁

离夜晚那么近
我还是忘了把月亮喊出来
忘了把一个名字困在思念里
送给未知的某次相遇
我只是抓住沉默的夜不放
只是请它奋力长大
长成不悲不喜的样子
把我的幻想用尽

第 三 辑

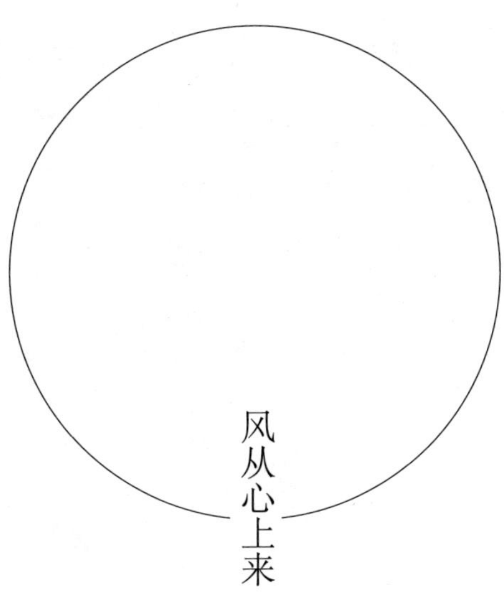

风从心上来

安排

不是所有的人
都能住进别人的身体
和时间一起看尘世的宠辱不惊
也不是所有的闪电
都能让黑夜粉身碎骨
把天空沦为过客
——命运，不是别的事物
它在存在之外存在
从来不把对和错拆开

让想法站高

翻过这个夜晚
你的忧虑就会变小
有的是力气把善恶分清
让欢喜出双入对
所以，快点儿造一个梦
捡一些格外实用的梦境
把现实的痛和苦交换出去
另一个早晨开始
你就不用看夜的脸色行事了

刚刚长出来的想法

我想停下来
请往事站成一排
请它们在大面积的宁静里
用神来之速
把我赞美过的人
我信赖过的光和景
我破译过的方法或技巧
轻轻地还原

往事的对面
已然离去的人和事向我走来
它们把以时间命名的忧伤拂去
把旧时的欢颜带给我
我知道
我的回忆正式开始了

经验

寄存在父亲眼中的那缕微笑
它在秋风中更加成熟了
我喜欢看它活在人间的样子
离干干净净最近
和精神满足坐在一起
——只需添加少量的甜言和蜜语
便能获得爱的降生

我猜

我猜这朵小花也曾住在春天
也曾用它娇艳的身体
养育过百鸟园里的精灵
也曾用它丰满的笑容
盗走一个人年轻的记忆
我猜风跑过来时
倾盆大雨也忙于向它靠近
我猜这朵小花临终前
最放不下的还是春天

说过的那些话

说过的那些话
在旧时光里活得好好的
可以奉上念或者想
也可以借一个词的温度
向它悄悄靠拢
顺便道一声：
后会有期

爬山虎

爬山虎的一生都在爬
原谅它沿途只使用过藤蔓和墙
只使用过一株植物的一缕乡愁
只使用过长长的绿就完成了爬的全部过程
原谅它爬得如此小心谨慎
原谅它只在绿色世界里越陷越深

小美好

我想投奔到六月
做一株很小很小的草
不惊动早到的风
不拖累赶路的阳光
只是揣着内心的小美好
站在蓝天之下
看云朵飞翔
石头沉默
月亮缺了又圆

最后一批想法

别取消这个夜晚的宁静，好吗
风只是干干净净地吹
落花只是衰老得不成样子
飞蛾只是露出了死的表情
月亮只是孤单得有些发慌
而远山也只是缺少信念
年轻的村庄也只是略有失眠
风近旁的人也只是把心眼儿藏得有点儿深
——抵达这个夜晚
具象的事物都不舍得把真相放下

信赖秋天

来到这枚贬义词中间
我只能尝试去信赖秋天
尽管六月的雨凶险了些
心头的想或者念一碰即碎
我还是愿意走在时间前面
把一个夜晚的愁容唤出来
我相信已死的岁月
不会稳坐在一个人的嘴边
我还相信从来不说谎话的秋天
一定会帮我把疼痛藏好

人

认识这个字的时候
它的良善由一撇一捺组成
它教我一生干净
教我守着女人的名字
批量地生产美德
它教我跟时间赛跑
教我把身体里的智慧用好
把缓缓到来的温馨和甜蜜用旧
它还教我砍伐自己的疼
教我扔掉黑色的孤单
错过痛的正反面
它像上帝一样爱我
我发誓也要掏心掏肺爱它

一再地提及秋天

一再地提及秋天
提及秋风贪恋过的美色
提及金黄留意过的稻香
提及枫叶在巫山的云里行走
提及桂花在月圆之夜熟透
只是，秋天太执拗了
被马致远放进一首小令后
就进入了另一个自己
再也不愿醒来

把往事种在春天

把往事种在春天
就会有更多的往事长出来
把过去和现在指给我们看
往事里的生离死别
耗尽了我们身体里的喜怒哀乐
往事里的爱恨情仇
给了我们目力所及的结果
——往事有不死的权利
请让往事在死去的时间里活着

夜空要走的路

在没有遇到月亮之前
夜空由黑和暗主宰
黑是出奇的黑
暗是暗淡的暗

黑和暗同眠
黑和暗同时将夜晚养大
黑对暗很客气
暗对黑也是最好的
黑和暗互相成全
黑和暗像故人，更像亲人

有一天，月亮突然来了
黑和暗攒下的快乐
刚好被月亮用完

黑和暗不想蛮横无理

黑和暗把腰身放低
黑和暗请月亮在最深的夜里亮着
月亮答应了

以后的每一个夜晚
夜空都被更多的事物填满
这是夜选中的
也是人间想要的结果

为一个夜晚担忧

风没有停下来
它正在做要命的事情

它咬着枯枝败叶向前移动
一个夜晚的宁静就这样被它破坏

只能祈祷风走慢点儿
只能祈祷圆滚滚的雨早点儿掉下来

只能把瞌睡放出来
请梦驮着夜的不安宁入睡

再也不能

时间走得太远了
再也不能撬开往事的那扇门
去喊春花秋月的名字
再也不能把往事排成行
让小日子都长出甜美的样子
再也不能给往事写信
请它把对故人的想念举过头顶
再也不能给往事指引方向
请它一辈子活在自己的命里

小小的一句话

这句话长得耀眼
能复活一个人的梦
但另一个人却闭口不提
只把它放在小小的惊叹号里
当作素不相识
日子久了
这句话变干变旧
再也长不出美的意志

一些想念

一些想念
我们用旧了无数次
我们的子孙后代还在继续用

想念花开的声音
希望它开在春天前后
开在故乡头顶

想念明月升
希望它从远方来
挤走分与别，改造生与死

想念秋风起
希望它把一个人藏得很深
把一个故事送往很远

想念疼我们爱我们的人

希望他们把衰老放慢

把健康用好，把快乐用顺

长高的心眼

蹲在黑夜的黑里
所有鲜艳的颜色都失去记忆
只有懒懒散散的风
一言不发在我面前走来走去

我不想用到手的孤独
来指认一个人的生性软弱
也不想用眼睛分娩眼泪的疼痛
来推翻一个夜晚严丝合缝的沉默

我只想在一杯白开水的影子里
借助一个字的起死回生
来放下尘世的小情绪——
无所谓或者无所畏惧

不需要试探

请不要在有闪电通过的地方
把雷声暴露在外
天空的怀里
眷恋最多的
仍然是刚睡醒的风
或者雨

和时间说话

好像没用什么力量
我的前半生就被运走了
也许它被运到离疼痛最远的地方
正在组建最美的秩序和理想
也许它被运到离死亡最集中的地方
正在经过旧事物制造的怨或者怒
当然，如果允许它被召回来
我还是愿意把它和我的名字放在一起
继续接受进退
共用悲喜

标上距离

我已经把昨天放走了
包括我们共同生养的那场春暖花开
那些长出梦想的绚烂和美好
那些捧在掌心供奉的肯定句
以及那些没有办法处理的小虚荣和小脾气
所以，请允许我在未来面前一贫如洗
无念可想

小心思

雨声很紧
有规则地敲打窗
风很乖巧
没有跟上来
它只是躲在雨的旁边
看雨如何把夜赶走

跟着酒入梦

不去管忧愁是朝上还是朝下
也不去管忧愁是否结实耐用

喝了这瓶无色无味的酒
206 块骨头自会忘记逆来顺受

跟着酒入梦
梦早已晋升为造物高手：

天空可以不空
天堂只在死后使用

人死了名字不倒
心死了是人设的圈套

镜中花不姓刘不姓赵
水中月痛失贞洁就逃跑

风翻山越岭胆量不小
雨用上帝取的名字活到老

空房子里把思念抬高
孤独早已学会动手动脚

梦，没心没肺的样子真可笑
原谅它只在醒的时候画句号

不要告诉我

不要告诉我
那些含着春露降世的小花
它们循规蹈矩的美
已让一夜的雨
全部打翻

也不要告诉我
那些无名无姓的雨
故意捣乱
只是为了
把二月的心愿拆散

不想惊动春天

那朵小花
已头破血流
估计死了好久
也不见有人
唤它名字

埋在哪里都行吧
只是别把它的疼和痛打开
免得春天受不了
又把多余的悲伤
翻出来

你看

你看，东边的那块黑云被拆卸一空
平行飞翔的雨就是从那里钻出来的
来得有点儿猛烈的风，学会了顺流而下
帮着雨走过高大的建筑物，走过低矮的
杂草间，最后又把落花的心事
暴露在外。渐渐暗下去的夜
住在一场雨里，它隐去风的具体地址
却不舍得把风和雨分开。只有少量的闪电
在夜空行走，扶着小小的光芒
照亮风和雨能去的地方。极有可能
被越拉越长的雨夜，守住的就是闪电的一生

想象之间

不要把眼神压得太低
路过春天的那只小蚂蚁
它已通过祖传的经历
顺利把春天分娩的消息
说给大地听

过不了多久
探出头来的金黄或者翠绿
就会主动把生命的果实
像从前一样
放进小蚂蚁的眼睛里

第四辑

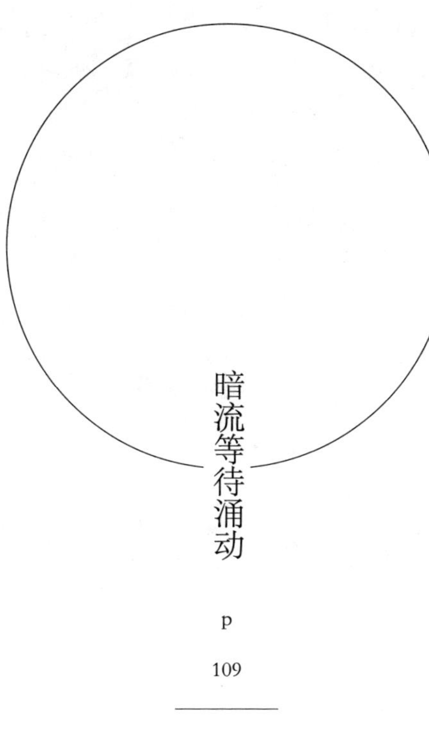

暗流等待涌动

红月亮

红月亮注定要身怀六甲
这个从月宫里走出来的高手
它最擅长把太阳的圈套放入体内
然后照着女人的样子
在神赐予的力量里
单方面干着惊天动地的大事

顶多

我顶多只是被一小块儿风困住
顶多只是帮尸身已毁的雨止住幻想
顶多只是在光秃秃的夜里
虚设恐慌，被黑耗子的悲情所伤
顶多只是像清愁空对月华那样
让时间死得连个借口都不找

没用完的那个夜晚

没用完的那个夜晚
我打算送给秋天
我希望小风剥开夜的肌肤时
有更多的稻花香往这里赶
我希望抱着鼾声入眠的秋虫
有数不尽的好梦把它相中
我希望一夜之间成熟的红高粱
它抬起头来时可以把丰收的喜悦领走
我还希望月亮移步来到窗台
小妹妹的相思病可以因此得救

路过这个黄昏的时候

路过这个黄昏的时候
我明知道雨有可能犯错
但我还是忘了拿伞
我努力取消往回跑的想法
努力充当雨的爱慕者
只是任雨零距离地亲近我
雨与雨揉成一团
它们把我的衣服打湿
把我的名字打湿
让我不像这个时间点的人
我知道，雨已思念成灾
它把内心的想念抬高
无非是想让我带它回家

我喜欢

我喜欢和夜说悄悄话
讲红花绿叶遇到的好天气
讲青山绿水正在使用的小信仰
讲星星月亮瘦骨嶙峋的小想法
我还喜欢和夜捉迷藏
请夜风站在桂花树上睡觉
请蛙鸣声在田野里坐着不动
请萤火虫拽紧黑和暗的苦不放

栀子花

晚风跑来时
栀子花开得正艳
这些花儿，端坐在绿叶中间
大多没有炫耀的习惯
只知道抱紧骨头里的白
和名字里的香
向岁月致敬

秋天空了

搬运这些词语的时候
秋天先于我患上偏头痛

站在山腰的风
列阵向秋天飞来

坐在枝头的金黄
纷纷给季节让座

枯草越来越多
阶段性的死亡成了最后的结果

秋天空了
不得不向岁月低头

在秋天突围

把秋天放回原处
我只想看到真正的金黄
在时间的旧址里
没有束缚地活着
至于寄居在秋天体内的萧瑟
最好被一阵风吃掉
再也不用长出无尽的忧伤

出生在黄昏的那场雨

天气预报漏掉的那场雨
在黄昏后又飞了出来

鸟雀起身
藏在遮挡物中间

花草歪着脖子
不想对疼痛说谎

树木困在雨中
能声张的只有风

不会说话的伞
揣在怀里的想法只有回家

夜色，在雨中长大
能惊动它的只有闪电和雷声

目光之外

少量的阳光
斜躺在茉莉花身上
香味儿无处可逃
身材干瘦的蜜蜂
认茉莉花做朋友
在茉莉花蕊间刚坐下
赶路的蝴蝶，又顺着小南风
来同茉莉花告别
只有不知深浅的孩童
假装看不到这一切
把吵闹声引到园子里
惊扰了正在抵达的小美好

在老家

老家不老
它和我面对面坐着
我们一起仰望云朵下的群山
观赏从前的夏天
讲草木和泥土的心事
清点路和桥的关系
顺便也听听云雀和蜻蜓的呢喃
唤唤祖母爱过的炊烟
帮清风和流水排序
如果时间允许
我还要请外婆活下去
请废弃的锄耙在日头下挥汗如雨
如果时间允许
我还要找到另一个自己
请淌过的光阴记住我的小秘密

我的命也有清晰的路径

我研究过的风花雪月和月圆花好已被时间带走
它们不像我，有活在命里的名字，有逆来顺受的骨头
有浓郁的悲和伤，有无边又无际的寂寞
它们只是路过我的命运时，一遍遍替我喊疼
只是对我潦倒的一生，从此缺少信念
再也不愿与我心意相通，活在时间与我中间

直到忧郁的某一天长出来，我才知道我的指望全死了
失眠是对我的另一种伤害，从夜晚的不肯入睡开始
数星星数羊都显得多余，只能睁着眼把黑夜掏空
投身于一个又一个黑夜，失眠挨着失眠
我开始祈求神灵让我的命运站起来。神灵是上帝的亲戚
它有能力指引我的宿命向前，但我忽略了尘世还在

尘世的身份，尘世的秘密，尘世遇到的慌张和惊奇
统统坐落在我的眼睛里。只是我的心太小
装不下目光之外的事物，也忘了尘世拿我当囚徒

枯坐在神灵背后，照着名字清点人生
我不要坐井观天，不要再经历黑暗中的黑暗
我要停下来，把骨子里的悬念救活

和另一个世界的我一样，
我请求风花雪月把我带回原处
请求月圆花好再与我对坐，
请求骨中之骨像爱人一样爱我
我甚至认定我会把身心变轻，
会像风暴那样爱上天高地厚
不惑之年，倒下去的时光再也扶不起来
痛心疾首干什么，苦不堪言干什么
一些美好正在赶往人间，疼痛何须装得太满

在季节中行走

落叶惊慌失措的样子
把秋天的死垫高

风挤在马路和大树中央
寒冷来得正好

羽绒服带你来到温暖的地方
冬天越来越像样子了

雪，投身于略为瘦小的城市
向北还是向南都不重要

梅花，把你的眼神牵走
爱一个人的小心思层出不穷

在季节中行走
每一次遇见都逃不出生活

雨，不要再做要命的事情

那么多的雨，不相信泛滥成灾
它们从天空逃出来

藏在人群里，藏在车流里
藏在一座城市的心脏里

它们对山体动手动脚
滑坡就是它们给山体增加的负担

它们把暗伤放进房屋
墙体坍塌现出痛苦的表情

它们把农作物的心思打乱
全然不顾瓜果蔬菜丰收在即

它们还把车辆拿来垫背
逼地铁停运，乘客被困

逼堤坝决堤，逼通信中断
逼市井小巷断水断电

一座城市开始流泪
到处都是喊救命的人

雨还在咆哮
舍不得掉头离开

雨是可恶的杀手
把城市糟蹋得不成样子

雨不知其罪
再也不能让它们疯狂下去

救援的手来了
和时间赛跑，用行动说话

抽水车以速度与激情拖住水的奔跑
解放军战士用身体筑牢生命的防线

社会各界捐款捐物

护山河无恙，为城市志愿服务

风雨面前一起扛
城市不再慌张，城市不再失联

痛可以治愈
痛也可以退出记忆

愿万物欣欣然好起来
愿灾难不要向人类再靠近

有一种蓝

有一种蓝，生在重庆，长在重庆
这种蓝，蓝得整整齐齐
蓝得只顾把天空当故乡
蓝得只想待在重庆人的眼睛里
这种蓝，蓝得干干净净
蓝得和天空打了一辈子交道
蓝得只有力气和白云争高低
这种蓝，蓝得大大方方
蓝得不想把天空腾空
蓝得忘了帮重庆隐姓埋名
这种蓝，蓝得严严实实
蓝得天空估摸不出它的年龄
蓝得鸟雀直想叫出它的名字
这种蓝，叫重庆蓝
蓝得清新养眼
蓝得可圈可点

想到秋天

秋天啊，你的周边挤满了
铺天盖地的红和黄。你为枫叶祈祷
愿它有和你一样的好前程，大张旗鼓地红
不受夜风和秋虫的指引。红得忘了俗世
红得忘了体内的暗疾，红得比你
更会跋山涉水，红得比你更好看
你为谷穗喝彩，感念它顶着风雨上路
秘密为田野赶制新衣，拼命与金黄
拧成一股绳。感念它黄得不偏不倚
黄得一尘不染，黄得离丰收的喜悦最近
秋天啊，依着年龄和秩序
你养育了那么多的红和黄，它和它
紧紧簇拥，浅吟低唱静静穿过大江南北
全世界的眼睛都可以看到。如果你愿意
还可以让它住进齐白石的画里，把它放养在
李白的诗里，让它祖祖辈辈都有靠山
世世代代都能收到祝福

别把秋天放走

别把秋天放走
秋天太软弱了
我怕不甘寂寞的金黄
藏在秋风中
秋天走着走着
就像爱自己一样爱上它
我还怕站在远处的橘红和银白挤过来
怕秋天忘了直起腰杆
怕秋天忘了叫出果实的名字
我更怕霜降闻声而来
怕冷空气钻进秋天的身体里
怕秋天含着泪把疼指给我看

路过十一月的时候

路过十一月的时候，我看到
芙蓉花已和死亡抱在一起，它的身旁
站满了厚厚的泥土。我看到
枫叶已改做大地的新娘，只有一批
从睡梦中醒来的风前来祝福。我看到
一群枯黄的野草正把身段放低，估计它要
抓紧时间赶往下一个春天。我看到
鸟巢孤零零地待在枝杈间思考，是否可以
用鸟叫的方式打破山谷的静寂。我还看到
一场雨正在用力打湿一座城市，一些人正在
预谋用保暖衣把寒冷赶走。路过十一月
我只能用不完整的想象力，来匹配
一些事物的想法

和这株植物走得很近

和这株植物走得很近
我可以说出它大大小小的秘密：
它姓千，美名千日红
盛开在有阳光出入的地方
性喜把雨水和寒冷关在生活区之外

在辈分上花烟草和波斯菊与它平起平坐
只是它永远模仿不了花烟草孤僻的生性
长不出波斯菊先于它来到人间的样子
幸运的是，它从不贪恋美色
但美色却把它抱得紧紧的
就连上帝也喜欢它红艳可爱的样子
还把火球花、千年红的别名赠予它使用
至今，百度也在关注这段历史

在华生园梦幻城堡

这样的夜晚有些旧了
我还是愿意
把一个景区的美留在原地
我希望晚风来同我告别时
钻进我眼睛里的灯光
是一个夜晚即将要爱上的颜色
我希望站在台阶边不说话的城堡
它一生要看守的回忆就在今晚
我希望寄养在城堡里的博物馆和旗舰店
它们见到我都能把内心的欢愉存好
我还希望景致正好的园林式中央工厂
有更多的美落到它的头上
希望藏于我体内老得不成样子的少女心
它的靓丽青春又重新长回来

与荷花的美待在一起

把秋风打开
把美从荷花的身体里取出来
让那些在荷香中睡得很深的粉红或淡紫
只信奉波光粼粼的湖面
只与层层叠叠的荷叶抱作一团
不管风有没有一声令下
不管立上头的蜻蜓是否你追我赶
不管晚霞是否映红天湖小镇的脸
荷花，始终安静
荷花，始终不会把理想变矮

梨花，你正在做最美的事情

一场细雨转身之后，停不下来的翠绿
粉红和金黄，以风的速度
迅速霸占了马武的大半个艳阳天。你再也
控制不住了！按照前辈传授给你的记忆和方法
“忽如一夜春风来，千树万树梨花开”，你与
惠民余姐生态梨园，与方碑村刘春林生态梨园
爽快地签下了“相拥春天，诗意梨花”的美丽条约
何等奢侈！怀揣着闪耀的梦
你一厘米一厘米地爬上春天的枝头，并在蜜蜂和蝴蝶
惊讶的目光里，你让一株株受过暗示或者鼓动的梨树
紧贴着春天的名字，准确地陷入花蕾集体分娩的幸福：
占断天下白，压尽人间花
你开了，义无反顾地开了
旁若无人地开了，毫无遮挡地开了
内心不寂不灭不悔不改。你开了
带着冰清玉洁的身子，在一场如雪的心事里
你终于找到了生命最初的快乐与梦幻。你开了

不需要修饰，不需要赞美
不需要冲动。春天知道
拥挤的暗香四野里，你已用翻新的记忆
坚守住一朵花至高无上的理想。大地知道
侧身经过的时间光芒里，你已用一朵花漾起的心跳
把风轻的从容唤醒，把正在路过的春天
整理成“醉美”的风景

有幸路过它们的美丽

这些或站或卧或躺或坐，随意一个姿势
便能在人的眼睛里，啄出快乐和满足的小精灵啊
虞美人、波斯菊、薰衣草、向日葵和矮牵牛
它们花花绿绿的身子里，装满了
“既相识莫相忘”的狂热。它们喜欢人类
热爱四季，至今保留着一株植物
在眺望的目光面前，停不下来的不卑不亢和我行我素
它们穿五颜六色的衣裳，露原汁原味的笑容
它们像满载体香的仙女，用大把大把的热情
把正宗的春天引来，又把止不住的绚烂
输送给向它们发出赞美的人。没有谁能改变
它们头顶这方天地，脚踏这块热土
在鸟语缠绵的时节，过与世无争的生活
没有谁能改变，它们与四季的幻想融为一体
在硕大的温馨里，殷殷切切地爱
越来越深娴熟地整理人间的姹紫嫣红。与它们为伍
时光深处的美丽，抒情部分只与快乐有关

与它们为伍，赤裸裸的心跳
轻易地便能撷取想要的幸福：在大木林下花园
时间无涯，快乐无涯

在垫江，我看到了真实的牡丹

在垫江，我看到了真实的牡丹
它们与《诗经》里走出来的女子，身着
同样的衣裳。与《神农本草经》里的药用植物
有着最直接的血缘。与李白笔下的
“云想衣裳花想容，春风拂槛露华浓”保持着
完美的体形。它们痴迷春天
具备美的各种功能。从 2000 年前的某个春夜
诞生开始，它们就在太平红、千层香、龙华春、悠山艳
的乳名里，以富贵或者吉祥的方式
尽情地展示着一株植物的属性：与发育成熟的秀山
怪石、净水和丛林肌肤相亲，与正在赶路的蜜蜂和蝴蝶
冷静地做着最喜欢的事情，与拒绝说再见的游人
奢侈地谈论恺之先生身体里的爱或记忆
记不清有多少次
它们在春天的怦然心动里
在花好月圆留下的美丽祝福里
在垫江人码放整齐的目光和思念里

它们顺着暗香和风影
赶赴吉时似的，整整齐齐地开了
开在了一朵花的前世今生里，开在了一幅画调整好
的笔触里，开在了一首诗不容错过的好心情里
不用打探，火焰的姿势是属于它们的
三月的抒情是属于它们的，
被美套牢的垫江是属于它们的
不用打探，大自然已默许它们成为“花中之王”
在神赐予的古老力量里，一朵带有古典记忆的花
一朵不忘籍贯和性别的花，一朵率真自然
正在完美付出的花，它们正完完整整地接受着人间
最为名贵的祝福。祝福阳光永远保持理性
永远记住一朵花长在春天的姓氏

榨菜颂

寄居乡村多年
它们早已把孤独与寂寞撵开
只热爱阳光
只潜心修炼绿色哲学

如若，有来历明确的风和雨引路
有值得信赖的肥料做亲戚
它们欢喜以庄稼的方式
与人类发生关系

榨菜丝，榨菜片，榨菜丁，榨菜碎
那么多有心跳的声音
臣服于时间做出的安排
美味可口，不再是大梦中的传说

喜爱，已然入骨
感谢最好的泥土把它们生养出来
并用一株植物科学发展的经历
赞美一座城市的过去和未来

致“816 地下核工程”

把乡愁去掉，把贫穷去掉
把迟疑去掉，把恐惧去掉
把苦和累的阴影去掉
深藏玄机的时间知道
有人将以风的速度
打破一座山惊讶的表情
有人将以一双手探险的勇气
刨出石头缝里最为精彩的悬念

看，时间的脊背上
一个被唤作“816 地下核工程”的名词
它停留在那里
已长出耀眼的光芒

给开州区

从巴国赶来
背着理想与信念走了 1800 年
和天地一起赛跑
养育过汉丰湖里的太阳
把仙女洞指认给世人看
让香绸扇活着走出重庆
以刘伯承的方式爱过中国
这就是从前的开县
2016 年 6 月 28 日以后的开州

它挨着万州不远不近
一场不规则的小雨
即可把它和万州的最短距离道破
也或者，借助一缕小风发起的快乐漫游
即可在它 3963 平方公里的身体周围
碰到云阳或者城口

地处小江支流回水末端
在时间撒下的记忆里
它喜欢念叨庄稼和牛羊的长势
谈笑浦里新区准备好的拼搏奋进
抑或是枕着煤炭和天然气的心事入眠
而这些还远远不够
它必须有最高的信仰
必须用它身体内部 40 个街道镇乡的力量
去画出更多的温馨和甜美
去实现开州人更精致更耀眼更富足的梦

可以肯定的是
开明和勇敢分坐在它的四周
开拓和开创已把它拉往“转型提速”的方向
给时间以时间
“开州速度”会让更多的人眷恋和热爱

图书在版编目（CIP）数据

零点距离 / 又见伊人著 . -- 北京 : 中国书籍出版社 , 2022.3

ISBN 978-7-5068-8929-2

Ⅰ . ①零… Ⅱ . ①又… Ⅲ . ①诗集—中国—当代 Ⅳ . ① I227

中国版本图书馆 CIP 数据核字 (2022) 第 029523 号

零点距离

又见伊人 著

责任编辑	王淼
责任印制	孙马飞　马芝
装帧设计	孙初　万爽
出版发行	中国书籍出版社
地　　址	北京市丰台区三路居路 97 号 (邮编：100073)
电　　话	(010)52257143(总编室)　(010)52257140 (发行部)
电子邮箱	eo@chinabp.com.cn
经　　销	全国新华书店
印　　刷	北京精彩世纪印刷科技有限公司
开　　本	880 毫米 ×1230 毫米　1 / 32
印　　张	5.25
字　　数	104 千字
版　　次	2022 年 3 月第 1 版
印　　次	2022 年 3 月第 1 次印刷
书　　号	ISBN 978-7-5068-8929-2
定　　价	58.00 元